D0988522

Catalogage avant publication de Bibliothèque et Archives nationales du Québec et Bibliothèque et Archives Canada

Bergeron, Alain M., 1957-

Le tournoi des princes charmants

(Le chat-ô en folie ; 2)
Pour enfants de 6 ans et plus.

ISBN 978-2-89591-075-6

I. Fil, 1974- . II. Julie, 1975- . III. Titre.

PS8553.E674T68 2008   jC843'.54   C2008-941726-7
PS9553.E674T68 2008

Correction et révision : Annie Pronovost

Tous droits réservés
Dépôts légaux : 1er trimestre 2009
Bibliothèque nationale du Québec
Bibliothèque nationale du Canada
ISBN : 978-2-89591-075-6

© 2008 Les éditions FouLire inc.
4339, rue des Bécassines
Québec (Québec) G1G 1V5
CANADA
Téléphone : 418 628-4029
Sans frais depuis l'Amérique du Nord : 1 877 628-4029
Télécopie : 418 628-4801
info@foulire.com

Les éditions FouLire reconnaissent l'aide financière du gouvernement du Canada par l'entremise du Programme d'aide au développement de l'industrie de l'édition (PADIÉ) pour leurs activités d'édition.

Elles remercient la Société de développement des entreprises culturelles du Québec (SODEC) pour son aide à l'édition et à la promotion.

Elles remercient également le Conseil des Arts du Canada de l'aide accordée à son programme de publication.

Gouvernement du Québec – Programme de crédit d'impôt pour l'édition de livres – gestion SODEC.

Imprimé avec des encres végétales sur du papier dépourvu d'acide et de chlore et contenant 10 % de matières recyclées post-consommation.

Sources mixtes
Groupe de produits issu de forêts bien gérées, de sources contrôlées et de bois ou fibres recyclés
www.fsc.org Cert no. SGS-COC-003885
© 1996 Forest Stewardship Council

IMPRIMÉ AU CANADA/PRINTED IN CANADA

Le tournoi
des princes charmants

Miniroman de Alain M. Bergeron – Fil et Julie

LE CHÄT-Ô EN FOLIE

Il ne faut jamais se fier aux apparences. Surtout si on habite au Royaume d'En-Bas, parole de chat !

Lis cette première aventure d'Altesse, la princesse, et tu comprendras.

Moi, Coquin, le chat du château, je te raconte...

Chapitre 1

Il était une fois, dans un pays lointain...

– Non, Coquin! Pas de ça avec moi! se fâche Altesse, la princesse.

Bon, d'accord!

– Je ne suis pas une princesse ordinaire, moi. Je ne veux pas d'une histoire qui débute par «Il était une fois»!

Oui, j'ai compris! Quel caractère! Je peux continuer? Merci!

C'est la fête au Royaume d'En-Bas.

– Ah! j'aime mieux chat... euh... ça! s'exclame Altesse. Merci le ça... euh... chat!

C'est donc la fête au Royaume d'En-Bas. Le château est situé au creux de l'immense Vallée du temps fou, fou, fou.

Dans cette vallée, tout, tout, tout est possible !

Aujourd'hui, le roi et la reine organisent le tournoi des princes charmants.

Le grand prix? Avoir un article dans le journal local et un beau trophée. Mais surtout, épouser Altesse, la princesse!

Tous les princes charmants des royaumes voisins sont venus. C'est la folie au château !

Mais tout le monde n'a pas le cœur à la fête.

Dans sa chambre rose bonbon, Altesse bougonne. La princesse est assise devant son miroir. Elle brosse ses longs cheveux blonds. Elle applique un peu de poudre sur son nez brillant. Elle termine sa séance de maquillage en tirant la langue à son reflet.

– Voilà !

Se marier avec un inconnu ne lui plaît pas du tout...

Soudain, une idée jaillit ! La princesse éclate de rire.

Chapitre 2

La grande cour du château est pleine de monde, de princes charmants et... de gros sacs de maïs soufflé. Les spectateurs ont répondu nombreux à l'appel du roi. Il est difficile de résister au maïs soufflé gratuit!

Le roi est debout sur la tribune. Il annonce le début du tournoi. Personne ne l'entend dans le brouhaha. Il se tourne vers son serviteur, le porte-voix. Il lui dit avec un grand sourire :

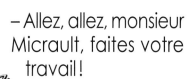

– Allez, allez, monsieur Micrault, faites votre travail !

Avec puissance, le serviteur répète au peuple les paroles du roi.

– LE TOURNOI PEUT COMMENCER !

Tous les princes charmants descendent de leur cheval. La première épreuve consiste à offrir une rose à la princesse. Pour cela, chaque participant doit monter jusqu'à la chambre d'Altesse, au sommet de la tourelle.

Le prince Eustache, du Royaume d'En-Haut, rigole sous son épaisse moustache rousse.

– C'est tout ? Facile !

Soudain, un prince étranger apparaît sur son cheval noir. Il porte un masque sur ses yeux et une mince barbe. Il lance d'une voix haute et autoritaire :

– Ajoutez Célestin de Tilly à la liste des concurrents !

Des murmures se propagent dans les gradins comme des bulles de savon. Personne ne connaît le nouvel arrivant.

– Je vous rappelle, reprend le roi, que la tourelle n'a pas d'escalier à l'intérieur. Nous n'avons pas eu assez d'argent pour le faire

construire… euh… allez, allez, monsieur Micrault, faites votre travail!

Le serviteur répète à voix forte les consignes du roi. Les princes sont surpris. Même un peu abattus.

Quel défi! Ils devront escalader le mur de la tourelle!

– J'espère que la princesse en vaut la peine, chuchote Eustache au prince masqué. On raconte qu'elle est laide et qu'elle a très mauvais caractère!

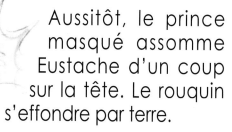

Aussitôt, le prince masqué assomme Eustache d'un coup sur la tête. Le rouquin s'effondre par terre.

– Purs mensonges! La princesse est jolie et a très bon caractère!

PAN!

Le signal est donné: aussitôt la compétition commence...

L'un après l'autre, les princes charmants essaient de se hisser sur le mur de la tourelle.

Leurs pieds glissent sans arrêt. Ils ne parviennent pas à s'agripper à la pierre. On dirait des pingouins sur une falaise de glace!

Seul le prince du Vercheval réussit à gravir plusieurs mètres. C'est un exploit pour lui, car il souffre de vertige.

Dans sa tête,
il se répète :

– Surtout ne pas
regarder en bas !
Ne pas regarder en
bas !

Lorsqu'il est à mi-chemin du
sommet, un cri résonne :

– Hep ! Tu as oublié d'apporter la
rose pour la princesse !

– Quoi ?

Malheur! Vercheval jette un coup d'œil en bas.

– Nooooooooooon!

Il perd l'équilibre et tombe dans une charrette de foin. Elle avait été placée là pour éviter des accidents graves.

L'étranger au visage masqué se prépare.

– À moi!

Célestin de Tilly grimpe à une vitesse folle, la rose entre les dents. Il trouve chaque prise d'escalade avec facilité. Un vrai alpiniste!

Pendant ce temps, Eustache reprend ses esprits.

Il se relève. Il aperçoit le prince masqué rendu très haut sur la tourelle. Vite, il enlève la charrette de foin. Si son adversaire plonge dans le vide, c'est la mort.

Le méchant prince charmant ricane sous son imposante moustache.

Mais Célestin a déjà atteint la fenêtre d'Altesse. Il se glisse dans l'appartement de la princesse, sous  les «BRAVOOOOOOOO!» lancés par la foule. Les spectateurs voient le héros tendre la rose à l'intérieur de la chambre. Au bas de la tourelle, on entend même Altesse remercier Célestin... avec des bisous.

Le prince Eustache serre les poings. Pas question de renoncer à la princesse, à l'article dans le journal et au trophée!

Chapitre 3

Dans la grande cour du château, on découvre la deuxième et dernière épreuve du tournoi des princes charmants. Il faudra mordre dans un citron sans grimacer.

Les spectateurs encouragent tous les princes charmants.

– Aorarrrrgth !

Impossible de comprendre ce qu'ils disent ; leur bouche est pleine de maïs soufflé.

Au même moment, dans un coin de la cour... Pop! Pop! Pop! La réserve de grains de maïs explose sous la chaleur d'un soleil de plomb. Un vrai feu d'artifice, en plein jour. Et délicieux, en plus!

La foule hurle de joie.

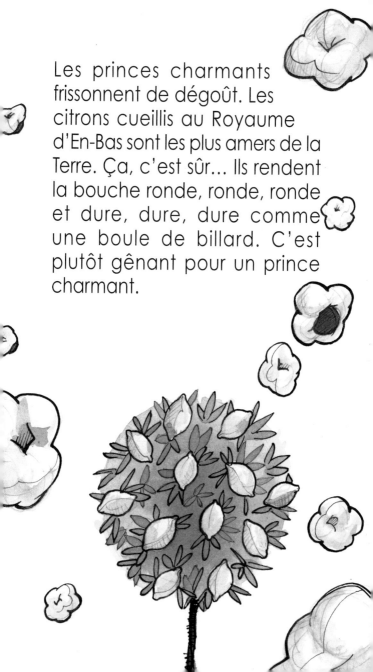

Les princes charmants frissonnent de dégoût. Les citrons cueillis au Royaume d'En-Bas sont les plus amers de la Terre. Ça, c'est sûr... Ils rendent la bouche ronde, ronde, ronde et dure, dure, dure comme une boule de billard. C'est plutôt gênant pour un prince charmant.

Les plus peureux se retirent du concours ! Un journaliste ouvre grand les oreilles et recueille les explications suivantes :

– C'est au-dessus de mes forces.

– Une vraie torture ! Aucune princesse n'est assez belle pour que j'endure cela.

– J'aurais préféré un combat à l'épée.

Tout à coup, la voix de monsieur Micrault s'élève de la tribune royale :

– MA REINE, POURRIEZ-VOUS ME GRATTER LE DOS ?

– Allons, allons, monsieur Micrault, vous ne faites PAS votre travail ! lui reproche le roi, rouge de colère. Je m'adressais en privé à la reine. Ce ne sont pas des choses à répéter...

– Désolé, Votre Majesté ! s'excuse le porte-voix.

Des valets apportent des citrons coupés en quartiers sur un énorme plateau d'argent. Ils en distribuent un morceau à chaque prince.

– AU SIGNAL DU ROI, avertit monsieur Micrault, MAAANGEZ!

Le roi lève son bras.

– PAN! crie monsieur Micrault.

Les princes charmants mordent
dans leur morceau de citron.
Aussitôt, l'épreuve se transforme
en un drôle de concours : celui
de la plus horrible grimace.

Quelques participants tombent dans les pommes tellement le citron est amer.

Surprise ! Seuls Eustache et Célestin restent sereins.

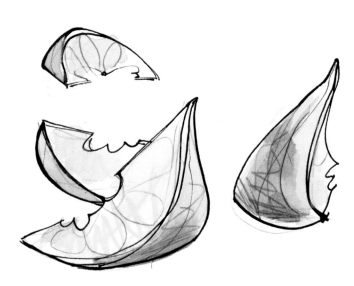

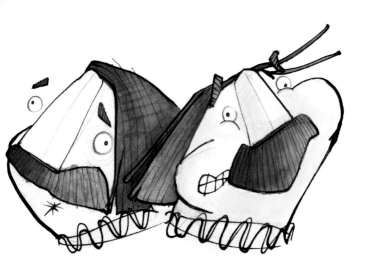

Le roi annoncera-t-il un match nul? Pas tout de suite! Eustache vient de mordre de nouveau dans son quartier de citron. Son visage vire au blanc. De la meringue! Il sourit jaune citron... Ses joues deviennent de grosses bajoues. Il sourit toujours, mais ses yeux sont pleins d'eau. Son visage tremble. Tout son corps frémit. Même son cheval se met à grelotter.

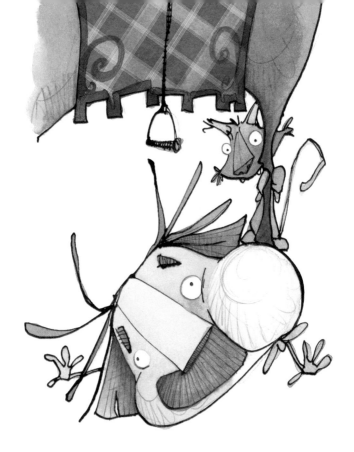

BOUM!

Le prince tombe de sa selle. Il a
la bouche ronde, ronde, ronde
et dure, dure, dure!

Les regards se tournent vers le dernier concurrent. Le prince masqué fête sa victoire en mordant à pleines dents dans son citron.

– Aaaaaaaah! Vraiment, ch'est délichieux!

Les spectateurs n'en croient pas leurs yeux. Le roi est surpris.

– Je ne connais qu'une seule personne capable de supporter le goût de nos citrons...

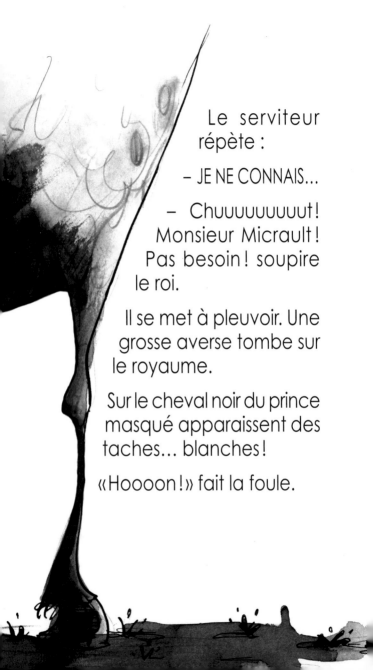

Le serviteur répète :

– JE NE CONNAIS...

– Chuuuuuuuuut! Monsieur Micrault! Pas besoin! soupire le roi.

Il se met à pleuvoir. Une grosse averse tombe sur le royaume.

Sur le cheval noir du prince masqué apparaissent des taches... blanches!

«Hoooon!» fait la foule.

Chapitre 4

Célestin de Tilly a remporté les deux épreuves du tournoi. Mais une surprise attend encore le public. Sous la pluie, le cheval noir du prince masqué est devenu blanc.

– De la suie! lancent les spectateurs étonnés. Pourquoi donc?

Le cheval est maintenant propre à cause de l'averse.

La reine reconnaît la bête.

– C'est Blanchon, le cheval d'Altesse!

– Où est passée ma fille ? s'inquiète le roi. Je vais lui téléphoner sur sa ligne privée !

Il tire un téléphone cellulaire d'un étui accroché à sa ceinture et compose un numéro.

– Monsieur Micrault... la sonnerie, je vous prie.

– DRIIIIING ! DRIIIIING ! DRIIIIING ! fait monsieur Micrault.

– Pas de réponse, annonce le roi.

– DRIIIIING ! DRIII...

– Monsieur Micrault ! s'impatiente le roi. Vous pouvez arrêter, j'ai déjà raccroché ! Bien... Quelqu'un a vu la princesse ?

– Oui ! Ici !

Altesse saute de son cheval. Elle grimpe à sa tourelle par les prises d'escalade, le trophée entre ses dents. Elle atteint facilement sa chambre. Souriante, la princesse crie de sa fenêtre :

– Qui m'aime me suive !

Aucun des princes charmants, hélas, ne réussit à la rejoindre !

Avais-tu deviné qui était le prince masqué? Moi, je le savais depuis le début!

Je t'avais dit de ne pas te fier aux apparences. Tu trouves la princesse étonnante? Tu n'as encore rien vu! Attends de lire sa prochaine aventure...

Chat-lut!

FIN

Alain est un auteur très coquin, tout comme les illustrateurs Fil et Julie. Comme tu as pu le constater, ils ont mis dans le roman des mots et des objets inconnus à l'époque des châteaux.

Pour les retrouver tous, viens t'amuser sur mon site Web en cliquant sur le jeu «Mots modernes». Il y a aussi plein d'autres activités rigolotes.

Chat-lut!

www.chatoenfolie.ca

ᴸᴱ CHÄT-Ô ᴱN FOLIE

**Miniromans de
Alain M. Bergeron – Fil et Julie**